Für Felix

aus unsagbar vielen Gründen.

Weitere Erzählungen & Gedichte auf

www.kuestenschreiber.com

Nicole Banik

Vom Kurs ab

ERZÄHLUNGEN

Herstellung und Verlag:
BoD - Books on Demand, Norderstedt
ISBN 978-3-7347-8978-6

In aller Stille I

An der Küste eines lebensfeindlichen unterkühlten Randmeeres, im östlichen Norden des Kontinents, lebte eine Riesin. Sie war so groß und Furcht einflößend, wie es sich für eine Riesin schickt, und genauso einsam. Denn wie alle Riesen lebte sie allein und wusste nicht, dass es noch andere Riesen gab, in anderen Ländern und Wäldern, die groß waren und Furcht einflößend und einsam. Die Riesin hatte sich an das Alleinsein gewöhnt, denn sie kannte es nicht anders, und sie war so beschäftigt mit all den Dingen, die sie täglich wieder tat, dass sie auch gar keine Zeit gehabt hätte für jemanden. Vielleicht kam darum niemand.

Eines Tages, als die Riesin am Strand des nordöstlichen Randmeeres nach Seetang und Muscheln suchte, fand sie eine kleine Flasche. Sie war grün und voller Schrammen, Ihr Hals war mit einem in Wachs getauchten Korken versiegelt und in ihrem Inneren befand sich ein kleiner beschrifteter

Zettel. Die Riesin hob die Flasche behutsam auf und drehte sie neugierig zwischen Daumen und Zeigefinger. Enttäuscht stellte sie fest, dass sie die winzigen Buchstaben auf dem Papier nicht lesen konnte. Das Glas der Flasche war von Steinen und Sand so zerkratzt, dass es kaum noch zu durchblicken war. Ihre Neugier war so groß, dass sie eifrig begann, das Wachs, das den Kopf der Flasche umschloss, zu entfernen. Als sie den Korken vollständig befreit hatte, presste sie ihn in die Flasche. Er fiel auf das zusammengerollte Papier, kippte zur Seite und landete neben dem Zettel auf dem Flaschenboden. Aufgeregt wollte die Riesin das Papier aus der Flasche ziehen, aber ihre Hände waren viel zu groß. Sie suchte den Strand nach kleinen Zweigen ab, mit denen sie den Zettel aus der Flasche ziehen konnte, aber jeder Zweig, der klein genug war für ihr Vorhaben, zerbrach zwischen ihren großen und ungeschickten Fingern. Als der Abend dämmerte, saß die Riesin noch immer am Strand. Vor ihr ging glühendrot die Sonne unter und bedeckte das Meer mit einem samtenen Schleier, aber die Riesin hatte keine Augen für die Schönheit um sie herum. Sie saß auf einem Felsen, hielt die kleine grüne Flasche in der Hand, in der neben dem zusammengerollten Papier und dem Korken ein paar zerbrochene Zweige lagen, und drehte sie nachdenklich zwischen Daumen und Zeigefinger.

Am nächsten Morgen stand die Riesin sehr früh auf. Sie ging mit ihrem großen steinernen Krug zu dem Brunnen, den sie vor Jahren gebohrt hatte, füllte ihn mit frischem Wasser und trug ihn in ihre Hütte an die Feuerstelle. Dann zerkleinerte sie ein Bündel getrockneter Kräuter, warf sie in einen Kessel, der über dem Feuer hing, und goss das Wasser hinein. So bereitete sie sich jeden Morgen eine Kräuterbrühe. Und wie auch all die anderen Dinge, die sie jeden Tag wieder tat, waren es nur Handgriffe, einstudiert und mechanisch, für die sie keinen Gedanken mehr brauchte. Heute aber war es anders. Denn obwohl sie eine Menge Dinge zu erledigen hatte, setzte sich die Riesin in ihren großen Lehnstuhl neben die Feuerstelle, trank einen Becher Brühe und starrte mit leerem Blick auf die kleine Flasche. Sie hatte sie am Abend zuvor auf das Fenstersims gestellt, und die Sonnenstrahlen, die durch das Fenster fielen, brachen sich in dem grünen Glas und zeichneten glitzernde Muster auf die Dielen. Die Riesin aber sah nur die kleine Rolle Papier, um die die Strahlen tanzten. Langsam an ihrer Brühe nippend und mit zur Seite geneigtem Kopf betrachtete sie die winzigen Buchstaben darauf und ließ ihre Gedanken darum kreisen. Die ganze Nacht hatte die Riesin wach gelegen und sich gefragt, wo die Flasche wohl her gekommen sein mochte und wer sie abgeschickt hatte. Sie wusste, dass es nur ein Zufall gewesen war, dass sie sie gefunden hatte, dass sie ausgerechnet an diesen Strand gespült worden war, und doch schien etwas Geheimnisvolles, für sie bestimmtes, von der kleinen Papierrolle auszugehen. Mit einer entschlossenen Handbewegung wischte sie ihre Gedanken fort, stellte die Brühe auf den kleinen Tisch neben ihrem Lehnstuhl und erhob sich, um sich auf den Weg in den Wald zu machen, denn wie jeden Tag musste sie Feuerholz für die kommende Nacht sammeln. Sie nahm ihren Korb, ging zur Tür und schloss die Hand um den Knauf. Eine Weile konnte sie sich nicht überwinden, ihn herum zu drehen. Seufzend wandte sie den Kopf zum Fenster und sah auf die kleine Papierrolle. Dann verließ sie die Hütte.

Geflutet

„Ach du meine Güte!", stöhnte Bjenka und strich sich eine gelbe Feder aus der Stirn, während sie ihre Tasche in den Sand stellte. „Du glaubst doch nicht allen Ernstes, dass ich da hinein steige?!" - „Wir werden das jetzt nicht noch einmal ausdiskutieren! Du kannst ja hier bleiben." Nikus löste seine Hand von der ihren und wollte weiter gehen, aber sie hielt ihn auf: „Das würdest du nicht tun. Ich bin einmalig, wie du weißt, und *Er* würde dir keine andere Partnerin geben, wenn du mich zurückließest." Sie setzte eine selbstgerechte Miene auf, suchte ihr Spiegelbild in einer der vielen Pfützen und begann, ihren Backenbart mit langen schlanken Fingern zu durchkämmen. Nikus wandte sich ihr mit verdrehten Augen zu. „Oh bitte!" stöhnte er, „als wenn *Ihm* das keine Freude sein würde. Selbst *Er* dürfte inzwischen erkannt haben, dass unsere Art *Ihm* auf Dauer zu anstrengend würde, sollten sich ausgerechnet deine Gene durchsetzen. Und nun hör bitte endlich auf, dich lächerlich zu benehmen und komm mit. Du bringst mit deinem Theater noch die ganze Reihenfolge durcheinander!"

Er machte zur Verdeutlichung seiner Worte eine ausschweifende Armbewegung, mit der er die gesamte vorbeiziehende Karawane erfasste. Bjenka blieb unbeeindruckt und mit Blick auf ihr Spiegelbild stehen. - „Aua!", rief sie einen Moment später überrascht, und sprang zu Seite. „Pass doch auf! Kannst du nicht woanders entlang trampeln?", Das von ihr angefauchte Maultier schenkte ihr lediglich die Beachtung, mit einem Nicken auf die Schilder zu weisen, die in regelmäßigen Abständen gesetzt waren und deren Aufschrift lautete: **Achtung! Trampelpfad! Bitte freihalten!** „Danke, ich kann lesen!", versetzte Bjenka schnippisch und züngelte ihm mit ihrer schuppigen Zunge nach. Dann trat sie aber doch einen Schritt an den Wegesrand und zog ihre Tasche zu sich heran. „Siehst du, so klein, wie wir sind, würde es eh keinem auffallen, wenn wir fehlen", warf sie Nikus zu und begann, sich wieder ihrer Schönheitspflege zu widmen. „Herrje, dort hinten sieht man schon die Zebras!", stöhnte jener und suchte verzweifelt Blickkontakt mit einem vorbeilaufenden Wombat herzustellen, der aber nur achtlos weiterstapfte und mit einer seiner krallenbekranzten Pfoten nur knapp Nikus' Kopf verfehlte. „Na schönen Dank auch!", schnaubte dieser und warf ihm eine verächtliche Geste nach.

„Darf ich mal vorbei oder muss ich dafür Zoll zahlen?", brummte jemand im gleichen Moment hinter ihm. Als Nikus sich der Stimme zuwandte, erkannte er einen großen fleischigen Wurm, der genau in seine Kniekehlen zu sprechen schien. „Mein Gesicht ist hier oben. Wenn du die Augen auf machen würdest, wäre das auch leichter zu erkennen", versetzte er genervt und trat angewidert einen Schritt beiseite. „Is' mir zu hell. Aber unter der Erde verliere ich meinen Platz in der Karawane und bringe womöglich noch die Reihenfolge durcheinander", brummte sein Gegenüber, und seine Ringe vibrierten in einem sonoren Bass, während er sprach. Mit leisem Knarren schob er sich umständlich durch den Sand an Nikus vorbei und murmelte: „Du scheinst mir im Übrigen auch nicht an deinem zugewiesenen Platz zu sein. Ich weiß zwar nicht, wer du bist, aber nach mir kommt ja nicht mehr viel, und da hinten sind schon die Zebras", Mit diesen Worten verschwand der Wurm knarrend und quietschend hinter dem nächsten Felsen.

Dem sollte einmal jemand seine Ringe ölen, dachte Nikus und erinnerte sich gleichzeitig wieder an seine Begleiterin. Diese stand noch immer an derselben Stelle im nassen Sand, den sie hin und wieder mit angewiderter Mine von ihren Stiefeln schüttelte, und gab alle paar Sekunden einen genervten Seufzer von sich, während sie sich ihre hübschen hellen Federn aus dem Gesicht strich. Eine ihrer Wangenlocken drehte sie unaufhörlich um den Zeigefinger. Nikus schüttelte seinen Ärger ab und ging auf sie zu. „Hör mal Bjenka: Wir müssen weiter. Du hast den Wurm gehört. Die Zebras sind schon da und wir stehen hier herum. Wir sind schon viel zu weit zurückgefallen", - „Ich bleibe dabei!", unterbrach sie ihn und schlug die langen Wimpern gen Himmel auf. Ihr Finger löste sich aus der Locke und zeigte auf ihr aller Pilgerziel. „Da werde ich nicht hineingehen! Außerdem ...", sie zog den

Finger wieder ein und begutachtete eingehend ihre Fingernägel, während sie sprach, „gefällt mir das Wetter ganz gut so, wie es ist. Die Hitze hat meinen Haaren geschadet. Ein wenig Feuchtigkeit wird ihnen gut tun", Nikus blieb das Wort im Halse stecken. Er packte seine Partnerin, riss sie an ihrem Arm herum und deutete auf all das, was sie nun schon seit ungezählten Tagen und Wochen umgab: „Hast du dich eigentlich in letzter Zeit mal umgesehen? Was glaubst du, wie es hier in wenigen Tagen aussieht? Das ist kein Spaß mehr." Ihm war soeben der Geduldsfaden gerissen, und für gewöhnlich fühlte Bjenka sich dadurch befriedigt. Aber hinter ihrem selbstgefälligen Lächeln stellte sich nun ein ängstlicher Gesichtsausdruck ein, als sie der Handbewegung Nikus' mit den Augen folgte: Sie befanden sich in einer Sandlandschaft, die sich in jede Himmelsrichtung bis an den Horizont erstreckte und einmal eine Wüste gewesen sein mochte. Nun aber wurde die Ebene hier und dort von Teichen unterschiedlicher Größe unterbrochen, zwischen denen kleine Rinnsale oder Bäche verliefen. Wasserläufe schlängelten sich die schmutzbraunen Kalkberge hinunter und liefen in bedrohlich anschwellenden Flüssen größeren Seen zu. Mitten durch diese sandnasse Landschaft bewegte sich schwerfällig und müde die Karawane, deren Ende gerade an Bjenka und Nikus vorbei zog, und über alledem schwebte bedrohlich und dunkel der tiefblaue Himmel, durch den von Zeit zu Zeit lila Blitze zuckten. Gerade jetzt grollte wieder ein tiefer Donner durch den Bauch des blauen Ungetüms, woraufhin Bjenka erschrocken zusammenfuhr und sich ein wenig enger an Nikus' Arm schmiegte. Er konnte sich ein leichtes Grinsen nicht verkneifen. Bjenka sah es und wollte gerade zu einem schnippischen Kommentar ansetzen, als sie aus den Augenwinkeln eine Bewegung wahrnahm.

„Hey!", rief sie, fuhr herum und erwischte den Tukan, der im Begriff war, mit ihrer Tasche im Schnabel davon zu hüpfen, gerade noch an einer seiner Schwanzfedern. Mit einem erschrockenen Laut ließ dieser seine Beute fallen und hackte nach Bjenkas Fingern. „Wie können Sie es wagen?", entfuhr es dem Dieb. „Wie bitte? Was fällt dir ein, meine Tasche zu stehlen?", schnappte Bjenka zurück und griff nach eben dieser, aber der Tukan hieb mit seinem Schnabel dazwischen. „Sie irren, wenn Sie glauben, ich hätte sie bestehlen wollen, meine Liebe", sagte er gelassen, während er sich zwischen Bjenka und ihre Habseligkeiten schob und begann, diese wieder aufzuladen. Dabei drehte er ihr ein wenig den Rücken zu, was sie sofort ausnutzte, ihm einen kräftigen Tritt verpassen zu wollen, als Nikus sich dazwischen warf und Bjenka im letzten Moment an ihrer Schulter zurückhielt. „Aua! Was soll denn das? Dieser Vogel stiehlt gerade meine Sachen! Tu doch etwas!", keifte sie und verpasste Nikus den für den Dieb bestimmten Tritt. Der Tukan drehte sich gemächlich um, während Nikus sich ächzend an die schmerzende Stelle fasste. Er fasste sich mit dem rechten Flügel an die Brust und machte einen Diener mit den Worten: „Ah, guten Tag, Herr Nikus. Ich habe mir erlaubt, Ihnen ein wenig behilflich zu sein. Befehl von oben, wenn Sie verstehen. Es ist mir eine Freude, Sie wieder zu sehen!" Auch Nikus deutete eine Verbeugung an. „Bitte verzeihen Sie das ungestüme Verhalten meiner Partnerin, Wertester, aber sie neigt dazu aufbrausend zu sein, und nach den Anstrengungen der letzten Wochen …- uff!", er hielt sich erneut eine von Bjenka gezwickte Stelle. „Wer ist das?", schnappte sie. „Und was heißt *Befehl von oben*? *Er* hat mir gar nichts zu sagen!", Nikus wandte sich ihr mit schmerzverzerrtem Gesicht zu und stellte sie mit einer Handbewegung vor: „Meine liebreizende Frau Bjenka", presste er mit Rückblick auf seinen Gesprächspartner heraus. „Ich hatte bereits die Ehre", lächelte dieser amüsiert und verbeugte sich noch einmal. „Darf ich mich vorstellen, Teuerste? Ramzis Tuktug mein Name, ich stehe zu euren Diensten." - „Ja, das sehe ich!", versetzte Bjenka. „Eine seltsame Art des Dienens haben Sie." - „Ich fürchte, wir müssen uns später weiter streiten, ich kann nicht verantworten, dass wir hier länger herum stehen", entgegnete der Tukan mit einem Blick über sie hinweg in die Wolken. „Der Himmel zieht verdächtig schnell zu. Wir haben nicht mehr viel Zeit."

Mit diesen Worten schnappte er sich die vorletzte Tasche und senkte Bjenka seine Flügelspitze zum Aufsitzen entgegen. „Darf ich bitten?", fragte er. Irritiert blickte sie zwischen Nikus und dem Flügel hin und her: „Das ist nicht euer Ernst, oder?" schnappte sie entsetzt. Nikus' Augen waren dem Blick des Tukans gefolgt und auch auf seiner Stirn waren die Sorgenfalten nun deutlicher zu sehen. Mit zusammengepressten Zähnen zischte er: „Jetzt reicht's! Du steigst sofort mit mir auf seinen Rücken und hältst den Mund! Wenn wir dort sind, wirst du mit mir ohne Widerworte dieses Schiff betreten. Ich bin's leid, dass du dich wie eine verwöhnte Gans aufführst!", Im selben Moment, in dem Bjenka etwas versetzen wollte, erschütterte ein gewaltiges Beben die Erde und warf sie auf den nassen Boden. Fast zeitgleich platzten mit einem lauten Tosen die dunkelblauen Wolken über ihnen auf und entluden ihre Spannung in einem gewaltigen Platzregen. Es wurde schlagartig dunkel. In den wenigen Sekunden, die Bjenka zum Aufstehen benötigt hätte, verwandelte sich die sandige Ebene in braunen Schlamm, der durch die vereinzelten Rinnsale geschwemmt wurde. Bjenka war bei dem Sturz auf ihrer Tasche gelandet und stützte sich nun auf ihr ab, aber ihre Füße fanden keinen Halt auf dem wandernden Untergrund. Als sie nach Nikus' Hand griff, ließ ein zweites Beben sie zurückfallen. Der Tukan hatte sich auf seine beiden Flügel gestützt und stand bis zu den Knien im Schlamm. Mit seinem Schnabel hielt er Nikus am Nacken. „Nimm meine Hand!", rief dieser, aber Bjenka hatte Mühe, sich an ihrer Tasche fest zu halten. Sie löste kurz eine Hand von ihr, packte aber erschrocken gleich wieder umso fester zu, als sie spürte, dass der Schlamm sie ohne Halt mitschwemmen würde. „Ich kann nicht!", schrie sie und sah zu ihm auf. Nikus war verschwunden. Der Tukan hatte sich, als der Schlamm seine Beine vollständig zu bedecken begann, abgestoßen und Nikus mit sich gezogen. Nun stand er flügelschlagend über Bjenka in der Luft, die vergeblich versuchte, sich aufzurichten. Der Boden zitterte inzwischen in immer kürzeren Abständen. Vereinzelt platzten Erdschollen auf und ließen Wasserfontänen emporschießen. In Bjenkas Gesicht stand nun die pure Angst. „Helft mir!", rief sie verzweifelt, aber der Tukan kam nicht nah genug an sie heran. Jedes Mal, wenn er sie fast erreicht hatte, warf ein neues Beben Bjenka zurück in das schlammige Wasser. Sie benötigte immer mehr Zeit um sich wieder aufzurichten. Ihr Gesicht verriet, wie erschöpft sie schon nach den ersten vergeblichen Versuchen von der Anstrengung war. Der peitschende Wind des Unwetters brachte den Tukan immer wieder aus dem Gleichgewicht. Er hatte größte Mühe, den aufplatzenden Erdschollen auszuweichen um nicht auch zu Fall gebracht zu werden. Nikus schaukelte, inzwischen klitschnass, an seinem Schnabel hin und her und reckte Bjenka unermüdlich seinen Arm entgegen. Diese stand bis zu den Schultern im Wasser und der nasse Sand zog sie tiefer. Ihre Worte waren kaum noch zu verstehen. Ihre Stimme überschlug sich. „Es hat keinen Sinn!", presste der Tukan an Nikus vorbei aus seinem Schnabel und warf ihn sich auf den Rücken. „Festhalten!", brüllte er über seine Schulter und drehte einen weiten Bogen, um an Höhe zu gewinnen. „Was tun Sie denn?" Entsetzt und verwirrt versuchte Nikus, durch den peitschenden Sturm unter sich seine Partnerin auszumachen. „Drehen Sie sofort um! Wir müssen sie retten!" - „Ja, und uns ebenso. Wir müssen das Schiff erreichen. Es ist zu spät. Tut mir leid", versetzte der Tukan ungerührt und wich einem niederschnellenden Blitz aus. „Nein, mir tut es leid", murmelte Nikus leise. Noch bevor der Tukan reagieren konnte, hatte sich sein Reiter zur Seite geworfen und rutschte von dem nassen Gefieder. Einen Moment später war er unter den Regenwolken verschwunden.

Als Nikus auf der schäumenden Wasseroberfläche aufschlug und vor Schmerz nach Luft rang, füllten sich seine Lungen sofort mit Wasser. Panisch schlug er um sich und versuchte, sich wieder nach oben zu strampeln, aber die Wirbel des Sturms warfen ihn so heftig hin und her, dass er das Gefühl für oben und unten verlor. Erschöpft gab er den Kampf gegen das nasse Element auf, schloss die Augen und ließ sich sinken. Kurze Zeit später kam er unsanft und erstaunlicherweise aufrecht stehend auf dem Meeresgrund an. Als er die Augen öffnete, blickte er auf ein Schild mit der Aufschrift: **Achtung! Trampelpfad! Bitte freihalten!** - „Na toll!", murmelte er und schlug sich verwundert die Hand vor den Mund. „Nikus!", hörte er im gleichen Moment eine

Stimme rufen. „Du bist tatsächlich hier! Geht es dir gut? Hier drüben bin ich! Hier!" Er sah sich irritiert um. Vor sich konnte er in einigen Metern Entfernung eine hektisch winkende Gestalt ausmachen. Er blinzelte angestrengt durch den im Wasser aufgewirbelten Sand und wollte einen Schritt auf sie zu machen, aber sein Bein ließ sich nicht bewegen. Er steckte fest. Er versuchte es mit dem anderen Bein, aber es war das Gleiche. „Kannst du mir mal helfen, bitte?", rief er nach ein paar vergeblichen Versuchen genervt in Bjenkas Richtung. „Ich glaube, ich stecke im Sand fest." - „Ich auch", bekam er als Antwort zurück. „Hättest du gedacht, dass wir hier unten atmen und sprechen können?", rief Bjenka weiter. „Ja, ganz toll, wirklich", murmelte Nikus und schaute sich nervös um. „Es hat mich auch immer schon interessiert, wie lange unsereins unter Wasser überleben kann ..." - „Nun nörgle doch nicht so herum. Immerhin müssen wir nun nicht wochenlang mit den anderen auf dem Meer herumschiffen", flötete Bjenka, und Nikus gewann den Eindruck, dass es ihr hier unten tatsächlich zu gefallen schien. Er gab seine Befreiungsversuche auf und sah sich in Ruhe um. Bei genauerer Betrachtung war es ganz annehmbar, fand er. Außerdem konnte er sich schon gar nicht mehr daran erinnern, wann seine Partnerin zum letzten Mal gut gelaunt gewesen war. Also schwieg er.

Ramzis Tuktug landete erschöpft und nach hechelnd eine halbe Stunde später auf dem Deck. Als er die Kajüte des Kapitäns betrat, sprang dieser freudig auf, sank aber im gleichen Moment wieder zurück in seinen Stuhl und seufzte. - „Ich habe alles versucht", murmelte der Tukan demütig. „Aber du kennst sie ja, und als die Flut losbrach ...", mit einer Handbewegung wurde er unterbrochen. „Es ist gut. Sie haben die gleichen Chancen gehabt wie alle anderen, und sie haben auch jetzt noch eine. Sie müssen sich nur ein wenig anpassen", antwortete Noah, erhob sich und durchquerte die Kajüte bis zu einer großen Tafel, die vom Boden bis an die Zimmerdecke reichte. Mit dem Finger fuhr er die Liste entlang, während er murmelte: „Aal, Achatschnecke, Adler, ..., Beutelwolf, ..., Gnu, ..., Katze, ... ah! Da haben wir sie!" Er durchstrich mit einem Stück roter Kreide einen

Listeneintrag. Dann setzte er sich wieder in seinen Stuhl und betrachtete nachdenklich den von ihm ausgestrichenen Namen. Nach einer Weile fuhr er fort: „Etwas anderes bleibt ihnen nun auch nicht übrig. Sie haben ihre Wahl getroffen, und ich bin sicher, dass die Korallen sich mit der Zeit unter Wasser genauso gut eingelebt haben werden wie zuvor an Land. Und nun ruh' dich aus. Wir haben eine lange und stürmische Fahrt vor uns."

Immer dieselbe Leier

„Als ich noch klein war", sagte der Schatten, „hatte ich langes glattes Fell, und mein Umriss war tiefschwarz und scharfkantig. Schön habe ich ausgesehen und stark bin ich gewesen. Ich war groß, schlank und biegsam und wenn ich wollte, konnte ich alles erreichen. Einmal habe ich es sogar geschafft, mich bis zu einem hohen Berggipfel zu recken - aber das war auch ein sehr heller und sonniger Tag, und in den Bergen war ich schon lange nicht mehr.

Als ich noch klein war, konnte ich mich aber auch ganz dünn machen und unter Türspalten, durch Fensterschlitze und Schlüssellöcher hindurch schlüpfen, denn ich war sehr gelenkig. Den lieben langen Tag bin ich flink wie ein Wiesel um die Hausecken gesprungen und habe Kinder und Hunde erschreckt, die besonders furchtsam waren und genauso klein wie ich. Wenn ich davon genug hatte oder mich eine Weile ausruhen musste - denn auch ein Schatten wird manchmal müde - , habe ich ihnen hinter Büschen und unter

Betten aufgelauert, um bedrohlich und dunkel hervor zu kommen, wenn sie am wenigsten mit mir rechneten. Als ich noch klein war, habe ich nachts niemals geschlafen, weil das Erschrecken im Dunkeln am Schönsten ist. Wenn in den Fenstern die Lichter verloschen und die Menschen sich zur Ruhe legten, habe ich mich auf den Weg durch die Häuser und Gassen gemacht auf der Suche nach Zurückgebliebenen. Denn am meisten fürchten sich die, die wach sind, wenn alles schläft, weil sie glauben, die Welt hätte sie vergessen. Zwischen den Kopfsteinpflastern bin ich in erdigen Furchen ihren Schritten nachgeflossen und habe ihnen in einem Moment der Unachtsamkeit kichernd ihre tiefsten Ängste auf die Schulter gesetzt (was nicht schwierig ist, denn die Menschen sind fast immer unachtsam und ihre Ängste sind fast immer die gleichen. Meistens kam ich mit denen aus, die ich sowieso bei mir hatte.). Wenn die Straßen leer waren, bin ich in den Kinderzimmern Hausmäusen nachgelaufen oder hinter Spinnen die Wände hochgeklettert und habe versucht ihren lustigen Gang nachzuahmen. Ich habe viel Spaß gehabt, als ich noch klein war.

Mit anderen Schatten habe ich natürlich nie gespielt, das versteht sich von selbst, denn wir Schatten sind Einzelgänger. Mehr als zwei von uns halten es nicht gemeinsam ohne Streit in einem Raum aus, das macht es jetzt im Alter manchmal ein wenig anstrengend. Gerne würde ich mich zur Ruhe setzen, aber immer, wenn ich es mir irgendwo eingerichtet habe, kommt einer von den jungen Schatten hereingesprungen, um jemanden zu erschrecken. Als ich noch klein war, habe ich das auch gemacht, und die Alten haben mich dabei wenig interessiert. Viel zu sehr war ich damit beschäftigt, der Sonne auszuweichen, kleine schreckhafte Kinder zu suchen, um neben ihnen an der Wand entlang zu schleichen, und dabei nicht anderen Schatten ihren Platz streitig zu machen, denn Streit kann unter meinesgleichen beizeiten sehr traurig enden. Manche von uns machen sich daraus einen Spaß, weil ihnen das jahrhundertelange Erschrecken der Menschenkinder zu langweilig geworden ist. Aber wenn man so alt ist wie ich, dann hat man keine Kraft mehr zu streiten. Als ich klein war, habe ich das anders gesehen. Aber damals hatte ich auch noch langes glattes Fell und mein Umriss war tiefschwarz und scharfkantig. Ich war nicht immer so grau und verwaschen wie heute. Schön habe ich ausgesehen und stark bin ich gewesen: Ich war groß, schlank und biegsam und wenn ich wollte, konnte ich alles erreichen. Einmal habe ich es sogar geschafft, mich bis zu einem hohen Berggipfel zu recken - aber das war auch ein sehr heller und sonniger Tag, und in den Bergen war ich schon seit Jahrhunderten nicht mehr ... „

Ein Fisch in den Sternen

Gestern habe ich meinen Babelfisch* verloren. Keine Ahnung, wie das passieren konnte. Immerhin habe ich ihn seit meinem hundertdreiundsiebzigsten Lebenstag. Das ist so üblich bei uns. Jeder bekommt zu seinem hundertdreiundsiebzigsten Geburtstag seinen eigenen Babelfisch. Die Mädchen bekommen ihn genau genommen natürlich einen Tag später, noch genauer genommen eine Minute nach Mitternacht, aber das spielt kaum eine Rolle. Niemand von uns macht sich über Mädchen lustig, weil sie eine Minute nach uns zu ihrer Sprache gekommen sind. Ihre Babelfische funktionieren so gut wie unsere. Sie sind sogar ein wenig größer und sie werden auch viel älter, aber das muss ja so sein, weil auch die Mädchen älter werden als wir. Dafur schlüpfen sie ein wenig später aus ihren Sternen, wenn wir schon mit den Einweihungen fertig sind, aber das ist sicher so beabsichtigt. Kein Erwachsener hat schließlich

Zeit, sich gleichzeitig um einen von uns und eines der Mädchen zu kümmern, darum müssen wir fertig sein, wenn sie schlüpfen. Bis jetzt hat das immer ganz gut funktioniert. Eigentlich tun sie mir ja ein bisschen leid, weil sie lernen müssen, während wir warten. Sicher müssen wir auch lernen, aber wir haben danach noch Zeit bis zu unserer Fischzeremonie, und sie nicht, weil sie ja später mit dem Lernen anfangen.

Ich war in meinem Tagesgang der schnellste von allen und durfte am Horizont sitzen und zusehen, wie die Mädchen unterrichtet werden. Wenn man zuschaut, sieht das ziemlich einfach aus, dabei habe ich mich ganz schön anstrengen müssen, als ich selbst gelernt habe, und ein paar Mal habe ich meine Hände an diesem kurzen struppigen Fell zerkratzt. Wenn man noch selbst in seinem Stern sitzt, kann man gar nicht sehen, dass der so viele Borsten hat. Wie große glatte Stacheln sieht das von innen aus, aber wenn man dann einen in die Hand nehmen und wenden soll, greift man in viele kratzige Borsten und Haare. Zum Glück haben sie keine Widerhaken wie die Sonnen. Aber um die darf man sich ja als Schüler auch noch gar nicht kümmern. Mein Papa ist Sonnenwender gewesen, sogar ein sehr guter. Ihm ist in seiner gesamten Berufstätigkeit nur ein einziges Mal eine verloschen. Aber er hatte zum Glück kurz vorher seine Weiterbildung in der Sonnenfinsternislehre gemacht und hat ganz schnell den Mond davor geschoben, damit es keiner merkt, während er sie wieder anzündet. Ich glaube, es hat überhaupt noch nie jemanden gegeben, dem nicht wenigstens eine Sonne umgekippt und verloschen ist. Schlimm ist das ja aber nur, wenn sie sich nicht wieder anzünden lässt. Mein Papa hat immer gesagt, dass wir auf unsere Umwelt achten müssen, weil wir von ihr abhängig sind, und dass wir eine große Verantwortung tragen, wenn wir uns um die Sonnen und Sterne kümmern. Ich glaube, er meinte damit, dass jede Sonne, die kaputt geht, auch ihre Umgebung ein bisschen verbrennt, wenn sie noch einmal aufflackert. Das gibt auf Dauer natürlich hässliche leere Flecken im All und darum muss man aufpassen, sonst gibt es irgendwann nur noch Brandflecken. Außerdem würden wir ohne Sonnen ja auch gar nicht mehr gebraucht werden, und

Sternewenden ist nun wirklich keine Aufgabe, die einen ein Leben lang ausfüllt. Natürlich wären da noch die Monde – aber außer in Notfällen (wie zum Beispiel zum Sonnenverfinstern) will die ja keiner anfassen. Ich habe das auch noch nie getan und mein Papa ja auch nur einmal, aber er hat gesagt, sie seien kalt und klebrig und außerdem würden sie grauenvoll stinken. Wenn ich sie mir so von Weitem ansehe, glaube ich ihm das sogar. Ich jedenfalls will ein Sonnenwender werden wie er. Aber dafür muss ich meine Prüfung bestehen. Die ist morgen, an meinem dreihundertsechsundvierzigsten Lebenstag, das ist bei uns so üblich, und dann muss ich meinen Babelfisch dabei haben um zu verstehen, was die Prüfer sagen, und damit sie mich verstehen, denn außer mir spricht ja keiner meine Sprache. Aber nun habe ich gestern dummerweise meinen Fisch verloren. Ich habe heimlich das Wenden geübt, ich leide nämlich ein wenig unter Prüfungsangst, und dann bin ich mit meinem Ärmel an den Borsten hängen geblieben, habe Staub aus ihnen aufgewirbelt – Sterne sind immer sehr staubig, obwohl meine Mama und die anderen Fegerinnen sie täglich säubern - und musste niesen. Ich weiß, dass das nicht passieren darf, weil das Schicken von Sternschnuppen nur in besonderen Stunden erlaubt ist, aber das war ja ein Versehen. Hoffentlich hat sich keiner etwas gewünscht, das wäre dann umsonst gewesen und solche verlorenen Wünsche sind immer so schwer wieder zu finden. Mein Papa sagte einmal, Wunschsucher hätten den schwersten Job von allen. Darum habe ich auch noch versucht die Sternschnuppe aufzuhalten, und bin dabei über den Stern gestolpert. Dass mir der Babelfisch fehlt, habe ich erst heute Morgen gemerkt. Bis dahin habe ich ja mit niemandem gesprochen. Bestimmt ist er mir beim Stolpern aus dem Ohr gefallen und liegt nun auf einem der Sterne. Ich weiß nicht, ob das so gut ist, wenn einer nun meinen Fisch auf seinem Stern findet und ihn an sich nimmt. Noch nie hat jemand seinen Babelfisch vor seinem hundertdreiundsiebzigsten Lebenstag bekommen. Das ist einfach nicht üblich. Wir brauchen ihn doch gar nicht in unseren Sternen, sondern nur hier bei den anderen, damit sie uns verstehen. Darum bin ich hier. Ich habe morgen meine Sonnenwenderprüfung. Mein Papa war

Sonnenwender und ich muss auch einer werden, das ist wichtig. Ich möchte gerne einen neuen Fisch beantragen und meinen alten als vermisst melden - aber ohne den versteht mich hier ja keiner von euch.

*in Anlehnung an Douglas Adams' „Per Anhalter durch die Galaxis"

Hugo

Mein Wellensittich war letzte Woche beim Psychiater. Ja, anfangs hielt ich das für eine absurde Idee, aber er hat sich zum Geburtstag einen gewünscht für etwas Entspannendes. Ich konnte meinen Wellensittich schlecht auf eine Wellnessfarm oder in ein Beautycenter schicken – was hätten die Leute gedacht? -, also schenkte ich ihm einen Gutschein für drei Therapiesitzungen. Ich dachte mir, auf der Couch könne er entspannen, seinem Gezwitscher hörte endlich einmal wieder jemand zu, der es nicht schon auswendig kennt, und ich hätte ein paar Stunden lang meine Ruhe. Der Psychiater selbst durfte damit die wenigsten Probleme haben, und seine Sprechstundenhilfe wirkte auch nicht sonderlich überrascht, als ich meinen Geschenkgutschein für Hugo bei ihr abholte. Allerdings schaute sie ein wenig irritiert, als ich ihn zu seiner ersten Sitzung brachte, aber ich bedeutete ihr hinter seinem Rücken mit Handzeichen, dass er einen sprichwörtlichen Vogel hat, und sie nickte verstehend und lächelte uns freundlich zu.

Hugo selbst schien seine erste Sitzung zu gefallen, denn zurück in meinem Wohnzimmer begann er eine angeregte Diskussion mit seinem Goldfisch - seinem letzten Geburtstagsgeschenk. Dieser hörte ausnahmsweise schweigend zu und nickte zwischendurch verständnisvoll, während er mir vielsagende Blicke zuwarf. Ich enthielt mich dem Gespräch, indem ich wie immer meine Kopfhörer aufsetzte und die Lautstärke des Fernsehers alle anderen Geräusche ausblenden ließ. Selbst als ich später am Abend schlafen ging, waren die beiden noch immer in ihr Gespräch vertieft, was umso erstaunlicher war, da Hugo auch noch immer fast ausschließlich referierte und sich nur ab und zu vom Murmeln des Goldfisches unterbrechen ließ. Hugo hatte sich niemals bemüht, ihm einen Namen zu geben, sondern ganz im Gegenteil völlig entrüstet auf meine Frage nach einem solchen entgegnet, so etwas könne auch nur einem Menschen einfallen! Natürlich hätte der Fisch bereits einen Namen und würde uns diesen auch bei Gelegenheit von ganz allein mitteilen. Sich bis dahin einen neuen für ihn auszudenken, wäre sowohl absurd als auch beleidigend, und er selbst hieße übrigens auch gar nicht Hugo. Die folgenden Tage verliefen ohne besondere Vorkommnisse und ruhig. Hugo und der Goldfisch schienen kaum Gesprächsstoff zu haben und mich interessierte wenig, welch banale Dinge aus dem Leben eines Wellensittichs dieser ihm und seinem Psychiater mitgeteilt hatte. Ehrlich gesagt war mir auch nie in den Sinn gekommen mich zu fragen, womit er es jeden Tag aufs Neue ausfüllte, aber ich vermutete, er würde stundenlang die Körner seines Fressnapfs zählen und sie dabei nach und nach durch die Stäbe seines Käfigs auf den Wohnzimmerboden werfen. Zumindest schien es so, wenn ich lediglich den allabendlichen Zustand meines Teppichs beurteilte.

Hugos zweite Therapiesitzung folgte nur eine Woche später und er blieb unerwartet lang in dem Sprechzimmer. Ich vertrieb mir die Zeit damit, die mit Pistazien gefüllte Schale zu leeren und mit den leeren Hülsen jedes Mal, wenn die Sprechstundenhilfe mich nicht im Blick hatte, zu versuchen, auf den etwas entfernten Abfalleimer zu werfen – leider blieb es in den meisten Fällen auch nur bei dem Versuch und um den Eimer herum bildeten sich hier und da kleine Pistazienhülsenhäufchen. Ich spähte ein paar Mal verstohlen in die Zimmerecken und suchte mit meinen Blicken die Fußleisten nach versteckten Falltüren oder Ähnlichem ab. Da ich an die

Höhe der Kosten für den Gutschein noch immer nicht ohne Magenschmerzen denken konnte, war ich fest davon überzeugt, dass bei dem Geräusch eines auf den Fußboden fallenden Krümels sofort ein kleiner Staubsaugerroboter aus einer Zimmerecke schnellen müsste. Ich wurde enttäuscht. Als ich beinahe beschlossen hatte, das Räuspern der Frau hinter dem Tresen auf mich zu beziehen und den Fußboden des Wartezimmers eigenhändig zu säubern, war Hugos Sitzung beendet. Auf dem Weg nach Hause sprach er kein einziges Wort mit mir, wirkte aber ohnehin in sich gekehrt, so dass ich mir keine Sorgen machte und es auf die Tatsache schob, dass er immerhin gerade einem Fremden hatte ins Ohr plaudern dürfen. Den Rest des Abends verbrachte Hugo schweigend in meinem Kronleuchter.

Der Goldfisch hielt wieder tapfer die ganze Nacht durch, als sich Hugo nach seiner Rückkehr von der dritten Sitzung ohne Umschweife auf den Rand des Aquariums setzte und anfing, leise mit ihm zu tuscheln. Ich tat mein Übliches: Kaffee und Kopfhörer aufsetzen, Fernseher einschalten und mich in meinen Sessel plumpsen lassen. Für den Rest des Abends würde ich mich keinen Zentimeter mehr bewegen und das war den beiden Verschworenen in meinem Rücken nichts Neues. Erst als ich mich von ihnen unbeobachtet fühlte, drehte ich allerdings die Lautstärke herunter und versuchte, ein paar Gesprächsfetzen aufzufangen. Hören konnte ich auch ein paar Silben, zu verstehen war allerdings nichts. Im Nachhinein wunderte ich mich doch über Hugos seltsames Verhalten seit seiner zweiten Sitzung. Ein sonderlich enges Verhältnis hatten er und ich zwar nie gehabt, aber seine Stimmungsschwankungen und regen Flüstergespräche mit dem Goldfisch gaben mir den Anschein, ich würde mich für ihn zu einem immer größer werdenden Störfaktor entwickeln. Ich beschloss dennoch, mich nicht weiter um seine Angelegenheiten zu kümmern und ihm zu seinem nächsten Geburtstag vielleicht doch wieder etwas Gewöhnlicheres zu schenken, denn offensichtlich hatten die Therapiesitzungen ihm ein paar seltsame Flausen in den Kopf gesetzt. Sie machten mich zu genau dem Futterspender und Käfigreiniger, der ich zwar ohnehin schon immer gewesen war, allerdings bisher aus freien Stücken. Mir meine Rolle in diesem Dreiergespann nun nicht mehr aussuchen zu können, bereitete mir zugegebener Maßen ein wenig Unbehagen. Da ich trotz angestrengten

Lauschens und mittlerweile auch stummem Fernseher leider weiterhin nur Silbenfetzen und Gemurmel ausmachen konnte, besiegelte ich meine Grübeleien mit einem Achselzucken, drehte die Lautstärke wieder auf und fiel schon bald in einen unruhigen Schlaf.

Hugo verlor auch am nächsten Morgen kaum ein Wort an mich, seine Kommunikation mit dem Goldfisch beschränkte sich allerdings auch nur auf Blickkontakt. Ich verließ wie immer pünktlich die Wohnung, meine Arbeitskleidung in einem Rucksack geschultert und die Hand zum Abschied knapp in die Zweierrunde hebend. Keiner von beiden hatte dieser Geste jemals Beachtung geschenkt geschweige denn sich einen Gegengruß abgerungen, aber an diesem Morgen glaubte ich, den Goldfisch zum ersten Mal lächeln zu sehen, als ich meinen Blick durch die zufallende Haustür noch einmal zurück auf sein Aquarium warf.

Es war das letzte Mal, dass ich meine Mitbewohner zu sehen bekam. Seither habe ich lediglich ein Paket mit meinen persönlichen Habseligkeiten samt einem knappen Brief von Hugo an meine Dienstadresse erhalten. Er schreibt, er sei sicher, ich hätte früher oder später von allein bemerkt, dass unsere Wohngemeinschaft für jeden Beteiligten unvorteilhaft gewesen ist, und ich würde sicher auch einsehen, dass ein Umzug für mich einfacher wäre als für ihn und Roswitha. Nebenbei bemerkt täte es ihm leid, die Schlösser während meiner Abwesenheit ausgetauscht zu haben, aber er hätte sich und mir eine Szene ersparen wollen. Meine Post würde er mir selbstverständlich nachschicken, bis ich eine neue Unterkunft hätte. Ein Foto von den beiden lag dem Brief bei und auf der Rückseite stand in großen geschwungenen Buchstaben: „Wenn es dir wieder besser geht, komm uns doch einfach mal besuchen! Wir wünschen dir bis dahin alles Gute! Miroslaw & Roswitha". Im Nachhinein glaube ich mich zu erinnern, dass mein Wellensittich schon immer einen leichten Akzent hatte. Ich hätte ihm wohl doch in all den Jahren ab und zu etwas aufmerksamer zuhören sollen.

Vom Kurs ab

ALPHA

Knapp drei Viertel Jupiterjahre und ein paar hundert Astronomische Einheiten war es her, dass er jemandem begegnet war, da hörte er hinter sich eine aufgeregte, hohe Stimme: „Beim altehrwürdigen Jupiter! Bist du noch immer hier?" – Kein Wunder also, dass sich ein erschrockenes Beben über seine gesamte Oberfläche zog und er fast eine halbe Umlaufbahn benötigte, um sich zu sammeln und seinen so plötzlich aufgetauchten Nachbarn zu erkennen. „Ach, du bist es", brummte er dann gelangweilt und musterte die kleine Io, die nun an seiner Seite trieb (richtig war natürlich, dass er an ihrer Seite trieb und dass er im Vergleich zu ihr wie ein Winzling wirkte, aber das ist eine Frage des Blickwinkels). „Schon wieder? Weißt du nicht, dass du gar nicht hier sein dürftest? Wunderst du dich nicht ein bisschen mich zu sehen?" – „Wenn ich nicht hier sein soll, dann fang mich doch nicht ein, sondern halte beim nächsten Mal ein bisschen mehr Abstand", grummelte Ios Begleiter und drehte sich dabei spöttisch um die eigene Achse. Io schnappte und ließ eine Feuersäule aus einem ihrer drei großen Vulkane schießen. „Als wenn ich mir aussuchen könnte, wer in meine Umlaufbahn gerät! Und falls es dir noch immer nicht dämmert: Du bist hier falsch!" – „Was soll das heißen? Ich bin ein von Gravitationen wie der deinen abhängiger Felsbrocken ohne die Möglichkeit der Selbstbestimmung. Wie kann ich denn hier falsch sein?" Io schnaufte hörbar und schwieg ein paar tausend Kilometer lang. „Du hast Recht", sagte sie dann. „Das ändert nicht, dass etwas schief gelaufen ist. Wann kommst du das nächste Mal an Kallisto vorbei? Verpass ihm einen ordentlichen Einschlag mit lieben Grüßen von mir. Ich habe gleich gesagt, dass ich dich hätte stoßen sollen, aber er wollte es ja lieber selbst machen …" Wieder drehte ihr Begleiter sich um seine eigene Achse, wobei er an Geschwindigkeit zulegte und die Umlaufbahn um das alte Mondmädchen verengte. „Moment mal. Wovon genau sprichst du da eigentlich?" – „Von dir, der Erde, Halley und Kallisto, der offensichtlich alles vermasselt hat … die Erde! Oh nein!" – „Halley? Den hab ich das letzte Mal vor einer Ewigkeit gesehen." – „Vor einem Vierteljahr, um genau zu sein. Du hättest ihm in seinem Schweif folgen sollen. Es war alles geplant, die Konstellation war perfekt. Ich weiß überhaupt nicht, wann die nächste Schneise entsteht. Ich ging davon aus, wir hätten es geschafft, und jetzt bist du hier, und Halley ist weg und nicht wieder gekommen." Ein kleiner Schwarm plappernder Meteoroiden flitzte zwischen Io und ihrem Gesprächspartner hindurch, der daraufhin leicht ins Taumeln geriet und seine Umlaufbahn erweiterte. „Hau mir jetzt bloß nicht wieder ab!", rief Io zu ihm hinüber, und drei Ellipsen später befanden die zwei sich wieder in der alten Anordnung. „Als wenn ich das zu entscheiden hätte", murmelte der graue Koloss. Io überging die Bemerkung und sagte: „Du musst mir einen Gefallen tun." – „Lass mich raten: Ich soll Ganymed auch einen Einschlag verpassen?" Io lachte: „Als wenn unseren Großen das stören würde. Nein, du musst den Zeitpunkt der nächsten Schneise zur Erde in Erfahrung bringen. Frag deine kleinen Kollegen. Soviel, wie die herum kommen, wissen sie es sicher, und plappern tun sie ja nun auch den ganzen Tag lang." – „Warum ist das denn so wichtig?" – „Weil es überfällig ist! Du musst die nächste Schneise nehmen. Weil ich davon ausging, dass du schon weg bist, habe ich keine Ahnung, wann Mars sich entscheidet, dir ein wenig Platz zu machen. Auf Halley brauchen wir nicht zu warten, wer weiß, wo der herumtreibt." – „Ich soll zur Erde?" Ios Flugpartner vibrierte leicht. „Wie soll ich denn dorthin kommen? Und warum überhaupt? Ist mir ehrlich gesagt nicht so wohl bei, in die wärmeren Regionen vorzustoßen. Ich mag's schön kühl." Io schwieg.

Der Plan hatte anders ausgesehen. Vor allem hatte er nicht beinhaltet, dass ihr grauer Freund in ihn eingeweiht werden würde, auch wenn er den Protagonisten in diesem Stück darstellte. Ihm zu sagen, was sie vorhatten, würde an dem Plan nichts ändern. Er hatte keine Wahl: sobald einer der Monde ihn in seine Umlaufbahn gezogen und zum richtigen Zeitpunkt in die vorgesehene Richtung beschleunigt hatte, würde er zwischen seinen kleinen Kollegen hindurch sausen, sich am Mars neuen Schwung holen und eine Weile später direkt ins Schwarze treffen. Den Sog des vorbei fliegenden Kometen zu nutzen wäre perfekt gewesen und hätte einiges erleichtert. Man konnte sich sicher sein, dass Halley nur hier entlang kam, wenn er freie Bahn hatte, und auch wenn er ein Einzelgänger war, hätte er ohne Probleme einen Begleiter akzeptiert und ihn im richtigen Moment abgestoßen. Zur Not hätte das auch der Erdenmond übernommen. Effizienter wäre es gewesen, auf Bopp zu warten, aber bis zur Rückkehr des mürrischen Riesen würde auch jetzt noch fast ein halbes Jahr vergehen, und es war alles andere als einfach, ihn für ein Gemeinschaftsprojekt zu begeistern. Sie musste also einen neuen Weg finden. Einen der anderen zu fragen würde zu viel Zeit in Anspruch nehmen. Gerade erst war Io an Europa vorbei gekommen und auch Metis und Leda hatte sie kurz zuvor passiert. Bis sie einen von ihnen, geschweige denn einen der Großen, wieder treffen würde, wollte sie nicht warten. Und nicht nur, dass sie nun allein da stand mit ihrem Plan – jetzt musste sie es dem Hauptaktivisten auch noch erklären. „Gut, hör zu", begann sie. „Du erinnerst dich an dieses winzige Ekel erregende Ding, das sich vor einiger Zeit auf Titan absetzte? Wir haben damals nicht gewusst, was es war. Ich meine, es kam hier nur vorbei und sah wirklich nicht Furcht erregend aus. Zugegeben war es erstaunlich, dass es zwischen uns allen - und vor allem deinen kleinen Artgenossen - so unversehrt entlang huschte. Es schien ziemlich intelligent zu sein ..." Ios Zuhörer schnaufte genervt. „Na, jedenfalls kamen danach immer mehr von ihnen. Bemerkt hast du sie sicher. Nur haben sie uns belästigt und nicht dich. Hast du gesehen, was sie mit Leda angestellt haben?" – „Nein. Bei unserer letzten Begegnung hab ich sie aus Versehen gerammt. Seitdem stößt sie mich ab, wenn ich ihr zu nahe komme." – „Ja, sie ist sehr empfindlich. Vor allem seit der regelmäßigen Belagerung durch die metallischen Winzlinge. Zuerst haben wir gedacht, es würde irgendwann wieder aufhören. Stattdessen wurde es schlimmer. Wir wussten, dass weiter im Zentrum schon lang solche Dinge vor sich gehen. Halley hat bei seinem letzten Durchflug erzählt, dass sogar Merkur schon kleine Experimente über sich ergehen lassen musste. Jedenfalls ..." Io holte tief Luft, „kommst du an dieser Stelle ins Spiel. Wir haben uns entschlossen, dem Ganzen ein Ende zu setzen und uns zu wehren. Ausgangspunkt all dieser kosmischen Störungen und Unruhen ist nämlich ..." Ein helles Leuchten ließ Io in ihrer Erzählung inne halten.

Wo gerade eben noch der dunkle Umriss ihres Nachbarn mit den Tiefen des Alls verschmolzen war, hob sich nun ein heller Streifen von der Schwärze ab und kam in gerader Bahn auf sie zu geschossen. Sein Kopf brannte wie ein riesiger Feuerball, wenn er Staubwolken durchflog. „Halley!" rief Io freudestrahlend. „Ich glaub's nicht! Wo hast du dich denn so lange herumgetrieben?" Halley konnte von Natur aus nicht stillstehen, weshalb es immer ein wenig schwierig war, sich mit ihm zu unterhalten. Außerdem hatte er so einen Schwung drauf, dass es ihm nicht möglich war, sich auch nur für eine kleine außerplanmäßige Ellipse von seiner Bahn zu lösen. Wie auf Schienen schnellte er geradewegs durch die Galaxie, um an ihren äußeren Enden in einer (im Verhältnis zu seiner Geschwindigkeit) beachtlich scharfen Kurve zu wenden und jubelnd und jauchzend in die Richtung zurück zu rasen, aus der er gerade eben gekommen war. Keiner konnte sich erinnern, wie lang er das schon tat. Man hatte sich einfach daran gewöhnt, in regelmäßigen Abständen von seinen Jubelschreien aus der idyllischen Langeweile gerissen zu werden, die auf der einen Seite der Wahrnehmung ebenso plötzlich auftauchten, wie sie kurz darauf auf der anderen wieder verschwanden, und alle waren sich einig, dass er einen Riesenspaß an seiner Tätigkeit hatte. Das Beste daran war, dass er die wichtigsten Neuigkeiten verbreitete. Nebenberuflich war er so etwas wie ein unabhängiger Botschafter des Sonnensystems, und obwohl es eine Weile brauchte, bis er eine Information von einem Ende der Galaxie bis zum anderen transportiert hatte, ging das immerhin fünfundzwanzig Mal so schnell wie es gebraucht hätte, auf die Nachrichten von Hale-Bopp zu warten. Der Vorteil war bei diesem dafür, dass er weiter herum kam.

BETA

„Es gab einiges zu durchbrechen bei der letzten Runde!", rief Halley als Antwort in Ios Richtung, während er unaufhörlich näher raste. Im Grunde war er kaum zu verstehen und am besten waren seine Worte zu vernehmen, wenn er bereits an einem vorübergesaust war, da seine Stimme zeitversetzt hinter ihm her flog. Umgekehrt konnte er dann kaum noch hören, was man ihn fragte, denn das funktionierte am besten, während er noch auf einen zuschoss. Io hatte sich daran gewöhnt, dass er ihr die meisten Antworten erst gab, wenn er ihre Höhe erreicht hatte, und diese Flugphase dauerte ziemlich genau so lang, wie er brauchte, um alle Informationen loszuwerden. Dann war er meist nur noch ein heller Fleck und Io musste geduldig auf seine Rückkehr warten. Für Nachfragen oder Widerreden blieb keine Zeit. „Ich weiß ja nicht, wie es am anderen Ende aussieht, aber soweit ich es erkennen kann, hat sich nicht viel verändert!", rief sie dem Halley'schen Kometen nun zu. „Deine Verspätung hat alles noch ein wenig dringlicher gemacht. Wenn sich die Angelegenheit nicht inzwischen von allein erledigt hat, und unser Plan noch steht, dann hab ich hier jemanden für dich", Von Halley schien keine Antwort zu kommen. „Hast du gehört, ob er etwas gesagt hat?", fragte Io ihren Begleiter, doch sie wartete seine Antwort nicht ab, sondern wandte sich wieder an den Kometen, der nun beinahe ihre Höhe erreicht hatte: „Ich werfe ihn dir jetzt rüber. Bitte nimm ihn mit wie besprochen und setz ihn kurz vor der Erde ab. Den Rest schafft er alleine." – „Warte mal, Io, ich soll was alleine schaffen? Du hast mir noch nicht gesagt, worum es geht!" Der verdutzte Planetoid hatte keine Gelegenheit mehr herauszufinden, ob Io ihn gehört hatte. Er hatte seine Frage kaum gestellt, als sie ihn mit dem größten ihrer Vulkane anvisiert und bereits eine riesige Ladung flüssigen Gesteins und kalter Oberflächenbrocken auf ihn geschleudert hatte. Die plötzliche Druckwelle katapultierte ihn aus ihrer Umlaufbahn und geradewegs ins All hinaus, weg von dem uralten Gasriesen, um den er gekreist war, seit er sich vor einer Ewigkeit aus kleinen Eisbrocken und Staubwölkchen zusammengesetzt hatte. Bevor er das Gefühl der absoluten Freiheit begreifen konnte, schnellte ein heller Blitz an ihm vorbei. Für einen kurzen Moment schien das gesamte All zu leuchten. Dann riss der enorme Sog des Kometen dem Felsbrocken jedes überflüssige Staubkorn von seiner Oberfläche. Der lodernde Schweif ließ fast seine gesamte Eiskruste schmelzen. „Vermasselt es nicht! Das ganze Sonnensystem zählt auf euch!", hörte er Ios Stimme sonderbar fern, dann riss Halley ihn hinter seinen Schweif und nahm den Planetoiden mit auf seinen Flug durch die Galaxie.

„Gute Reise", flüsterte Io den beiden Freunden hinterher, als sie als heller Fleck in den Weiten des Universums verschwanden. Noch bevor sie auf die Größe entfernter Sterne schrumpften, bog der Trabant hinter seinem Planeten ab und verlor sie aus den Augen. Auf der anderen, dunklen, Seite glitt Io auf Kallisto zu. Die Wut, die sie noch vor ein paar Stunden auf ihn verspürt hatte, war angesichts der jüngsten Ereignisse wie weggeblasen. Kallisto drehte sich um seine Achse: „Ich hab Halley gesehen. Hat alles geklappt?", fragte er leise. „Ja, sie sind auf dem Weg." – „Wurde aber auch Zeit!", mischte sich eine nasale Stimme ein und Io bemerkte Leda, die irgendwo im Schatten Kallistos treiben musste. Sie brauchte im Verhältnis zu den großen inneren Monden einen beachtlich längeren Zeitraum, um ihren Planeten zu umkreisen. Gerade jetzt war sie aus Ios Blickwinkel wieder von Kallisto verdeckt, aber an ihrer nasalen Stimme trotz der Entfernung eindeutig zu erkennen. Wenn sie nicht gerade leise mit Himalia über die großen Vorgänge in ihrer nächsten Umgebung oder den Sinn und Unsinn des Universums philosophierte, warf sie gerne spöttische Bemerkungen in die Gespräche der Großen hinein. Ihr Schicksal hatte Leda zu einem verbitterten kleinen Mond werden lassen, denn entfernt von ihren großen Geschwistern trieb sie in einer recht ungeschützten Umlaufbahn. Freie Flugkörper hatten idealen Zugriff auf sie, was der Grund dafür war, dass sie ihnen oft als Zielscheibe diente. „Ich ertrage das einfach nicht mehr!", vernahm Io sie nun erneut. „Kaum bin ich auf der anderen Seite, warten sie schon auf mich. Sieh mich doch nur einmal an!", wandte sie sich offensichtlich an Kallisto, da Io sie noch immer nicht hinter dem riesigen Trabanten ausmachen konnte. „Diese ganzen Reste von denen, die auf mir herum liegen. Diese Ekel erregenden kleinen Biester, die sich in meine Oberfläche graben und Probe um Probe aus meinem Inneren holen um sie dorthin zu transportieren ... - haben die denn keinen eigenen Mond, der interessant genug ist?" – „Vermutlich haben sie ihn schon komplett leer gesammelt", warf Kallisto ein, „ich könnte mir vorstellen, dass sie schon vor Jahrhunderten damit begonnen haben, sich sein Gestein auf ihren Planeten zu holen." – „Vielleicht haben sie ihn auch nur so dicht besiedelt, dass es dort keine verunreinigten Proben mehr zu finden gibt", vermutete Io. „Ich glaube, so etwas in der Art hat Bopp bei seinem letzten Durchgang schon erzählt." – „Und ihr kommt erst jetzt auf die Idee, etwas dagegen zu unternehmen?", näselte Leda. Kallisto unterbrach sie barsch: „Nun krieg dich mal wieder ein, Leda! Es ist ja nicht so, als hätten wir uns das ausgesucht. Für deinen regelmäßigen Spott dürftest du nicht die geringste Hilfe von uns erwarten, ginge es bei dieser Angelegenheit um dich allein. Zugegeben: Dein Pech ist es, dass du ein wenig direkter betroffen bist als wir und den Angriffen von außen standhalten musst. Dein großes Glück hingegen ist, dass es uns ebenso betrifft - wenn auch nur indirekt - und wir die Gemeinschaft schützen wollen und können. Also tu uns den Gefallen und spar dir deinen

Hohn, denn du wirst diejenige sein, die aus unserem Vorhaben den größten Profit schlägt!" Leda schwieg. Auch Kallisto und Io trieben wortlos nebeneinander her, wobei letztere ihren großen Bruder langsam überrundete. Wenige Stunden später konnte sie die Sonne hinter ihrem Planeten hervor scheinen sehen und trieb ihr entgegen. „Bis später, Großer", sagte sie, als Kallisto aus ihrem Blickfeld verschwand. „Lass dich von dem kleinen aufmüpfigen Trümmerbrocken da draußen nicht ärgern." – „Ach, weißt du," seufzte Kallisto, „Eine Zeitlang kann ich das ja immer an mir abprallen lassen, aber alle paar Jahrhunderte muss ihr einfach gesagt werden, wie unglaublich ignorant und aufgeblasen sie sich hier aufführt." – „Schade, dass sie so weit weg ist!", rief Io, schon außer Sichtweite. „Ich würde ihr nämlich zu gerne mal eine Feuerladung als Antwort auf ihre Frechheiten verpassen!"

Sie hörte Kallisto noch lachen, als sie auf der Sonnenseite ihres Planeten zum Vorschein kam. Ihre Gedanken schweiften wieder ab zu Halley und seinem Reisebegleiter. Es würde eine lange Zeit des Wartens werden. Niemand konnte sagen, ob die beiden es schaffen würden den Plan umzusetzen. Bis dahin wenigstens würde alles so weitergehen wie bisher. Nur eines war zum Glück sicher: Sollte es den beiden gelingen, bis zur Erde durchzudringen, und könnte Halley seinen Begleiter im richtigen Moment abwerfen, wäre der Erfolg gesichert. Der Planetoid hatte nichts zu befürchten, wenn er erst einmal auf seinen Kurs gebracht worden war. Gegenwehr oder Sicherheitssysteme gab es dort nicht, wo er hin sollte, denn dafür hatten die Erdlinge einfach keine Zeit gehabt, während all der Jahre. Sie waren viel zu sehr damit beschäftigt gewesen, eine Sonde nach der anderen ins All zu schicken um Erkenntnisse zu gewinnen über all das, was sie selbst nicht erreichen konnten. An Vorsicht hatten sie dabei glücklicherweise vor lauter Eifer nicht gedacht.

OMEGA

„Wieso ist das denn Glück für mich?", rief Halleys Begleiter so laut er konnte, und war sich sicher, dass die Hälfte seiner Worte ungehört hinter ihm im All verschwinden würde. Erstaunlicher Weise schien der Komet sich an der Geschwindigkeit seines Fluges jedoch nicht im Geringsten zu stören, was eine gepflegte Unterhaltung anbelangte. „Na hör mal!", rief er über seinen brennenden Schweif hinweg. „Du wirst für alle Zeit der Held der Gestirne sein! Dein Ruhm wird sich ausbreiten bis an die expandierenden Ränder unseres Universums, vielleicht sogar bis in eines der anderen, und niemand wird deinen Namen vergessen bis zum großen, endgültigen Kollaps!" – „Ach, wenn das so ist...", grummelte sein Flugbegleiter gelangweilt und beschloss, die Unterhaltung vorerst wieder zu beenden. Aber Halley war offensichtlich anderer Meinung. „Du hast wirklich keine Ahnung von der Sache, oder?", fragte er. In seiner Stimme lag nun etwas wie Mitleid. Das klang seltsam und beunruhigend angesichts der Tatsache, dass es kaum etwas gab, das einen Kometen erschrecken, aus der Fassung bringen oder betrüben konnte. Der Planetoid schwieg weiter und wartete. Ihm gefiel nicht, wo er war, und noch weniger, wohin er gebracht werden sollte. Sein Leben lang war er abhängig gewesen von Monden, Planeten, Gravitationen und Kollisionen, hatte niemals Einfluss gehabt auf das, was mit ihm geschah, und sich nie beschwert. Jetzt, da er das Bedürfnis hatte etwas zu tun, wurde ihm klar, dass er überhaupt nicht wusste, wo er damit anfangen sollte, und vor Allem: Bei wem?

„Was hat Io dir erzählt?", unterbrach Halley seine Gedanken. „So gut wie nichts. Dass ein Plan besteht um die lästigen Störungen zu unterbinden." – „Ahh, gut. Immerhin etwas. Das ist aber nur die halbe Wahrheit. Es geht vielmehr darum, all dem ein Ende zu setzen. Du weißt, dass all diese Unruhestifter und Störenfriede vom dritten Planeten kommen?" – „Der Erde? Io hat es erwähnt, ja." – „Du wirst sie vernichten, Kleiner!", rief Halley und brach in übertriebenes Gelächter aus. „Den ganzen verseuchten Planeten wirst du sprengen und für unser Sonnensystem endlich wieder die Ruhe und Ordnung herstellen, die in ihm herrschten, bevor die Neugier der Erdlinge sie zerstörte." Wieder schwieg der Planetoid, und es kam ihm vor, als würde der Komet seinen zischenden Flug durch das All beschleunigen. Ihm war noch nicht klar, was all das zu bedeuten hatte. „Was passiert dann mit mir?", rief er. „Mein Freund, ..." Halley unterbrach sich, um die richtigen Worte zu finden und seine Bahn ein wenig zu korrigieren. Sie waren dem vierten Planeten inzwischen sehr nah, und er musste Acht geben, den richtigen Abstand zu wahren. Die Schneise, durch die sie fliegen sollten, war nun deutlich zu erkennen. Es konnte sich nur noch um Tage handeln bis zum alles entscheidenden Abwurf seiner Fracht. „Hast du dich nie gefragt, woher all die kleinen Meteoroiden stammen? Warum sie immer nur in Gruppen auftauchen und warum die einzige Angst, die sie kennen, die ist, den Kontakt zueinander zu verlieren?", begann Halley seine Erklärung. „Nein", sagte sein Reisebegleiter knapp. „Ich habe mich nie um sie geschert. Sie sind nervige Störenfriede. Meiner Meinung nach erfüllen sie keine Funktion. Spielt es da noch eine Rolle, woher sie kommen?" – „Allerdings. Sie sind wie du. Sie sind, was du wirst, wenn du die Mission erfüllst." Halley fühlte den Planetoiden in seinem Schweif zittern. Ein paar Gesteinsbrocken lösten sich von ihm und blieben trudelnd zurück in der Leere. „Ich werde mich auflösen?", fragte er mit vibrierender Stimme. „Nein, im Grunde genommen wirst du nur deine Zusammensetzung ändern", versetzte der Komet. „Was dich jetzt noch groß, massiv und bedrohlich sein lässt, wirst du brauchen für das, was vor dir liegt. Deine Kraft wird einem guten Zweck dienen. Aber du wirst sie damit vollkommen aufbrauchen." – „Und was bedeutet das für mich? Was bin ich dann noch?" – „Ein Meteoroidenschwarm wie all die anderen. Niemand wird dich mehr erkennen. Du wirst zersplittert sein und zerstreut. Alles, was du bist, wird noch da sein, nur nicht mehr in der kompakten Form, in der du es du es bisher kanntest", Hinter dem Kometen blieb es still. Halley versuchte, durch die Schneise hindurch die Erde zu erkennen. Sie mussten genau den richtigen Zeitpunkt erwischen, sobald sie sie durchflogen hatten. Alles musste schnell gehen. Der Planetoid in seinem Schweif war im Gürtel des Jupiters der letzte dieser gigantischen Größe gewesen. Halley mochte nicht darüber nachdenken, was passieren würde, sollte etwas schiefgehen. Eine Weile später konnte er hinter der Erde ihren Mond aufgehen

sehen. Er wandte sich wieder seinem Begleiter zu: „Bist du bereit?"
Der Planetoid schwieg noch immer. Halley zweifelte daran, dass es
richtig gewesen war, ihm die Wahrheit zu sagen, aber er tröstete
sich mit dem Gedanken, dass der Planetoid nach seiner Mission
nichts mehr davon wissen würde. Sein Bewusstsein wäre
gespalten in dutzende kleine Gesteinsbrocken und sie würden
plappernd und zwitschernd durch das All fliegen, ohne sich daran
zu erinnern, dass sie einmal jemand gewesen waren. Jemand
Großes, jemand mit einer Aufgabe, die nur für ihn allein bestimmt
war. „Wir sind jetzt nah genug!", versuchte der Komet noch einmal
das Gespräch aufzunehmen, aber wieder wartete er vergebens auf
eine Antwort. „Bereite dich vor, ich werde dich gleich abwerfen!",
rief er weiter. Der Planetoid begann zu sprechen. „Ich will mich
nicht verändern!" Seine Stimme klang leise und kraftlos. „Ich will
nicht sein, was ich seit jeher verachtete. Ich will wachsen, nicht
splittern." – „Ich weiß", antwortete Halley. Ihm blieb nicht mehr
viel Zeit, aber der Tonfall seines Begleiters rührte ihn. „Und auch,
wenn es dir nicht hilft: Es tut mir leid. Ich werde dafür sorgen, dass
du nicht in Vergessenheit gerätst. Ich werde dich behüten, wenn
du als achtloser Schwarm durch das All fliegst und Gefahr läufst,
auf den falschen Kurs zu kommen. Ich werde nicht zulassen, dass
du als glühender Regen in der Atmosphäre eines Planeten endest.

Das verspreche ich dir." – „Danke", murmelte der Planetoid, aber seine Stimme klang noch immer bedrückt wie zuvor. Halley konzentrierte sich wieder auf den Planeten, der nun direkt vor ihnen lag. Dann sagte er fröhlich: „Und jetzt, mein Freund, wird es Zeit!"

„Was hast du gesagt? Entschuldige bitte, ich hab dir nicht zugehört", unterbrach Io ihren großen Bruder und wandte sich ihm zu. „Wie schon davor, als ich dir wiederholte, was ich davor sagte, als du mir nicht zuhörtest ...", kommentierte Kallisto genervt das Gespräch, das er mit Io seit Tagen zu führen versuchte. Je näher der entscheidende Zeitpunkt rückte, desto abwesender hatte seine kleine Mondschwester sich verhalten. Ihre Gedanken schienen ununterbrochen um die beiden zu kreisen, die nun jeden Moment an ihrem Ziel ankommen mussten. „Ob sie schon da sind?" – „Ich weiß es nicht, Io. Noch immer nicht. Aber was auch da drinnen passiert, du wirst es von hier aus nicht beeinflussen können und du wirst es erst sehen, wenn es bereits vorbei ist." Io seufzte, als Kallisto ihr zum wiederholten Male diese Sätze herunter leierte. „Du hast Recht", schnaufte sie, versuchte sich abzulenken und einen anderen Gedanken zu fassen. Aber es wollte ihr nicht gelingen. Woran hatte sie nur gedacht, bevor all das hier begonnen hatte? „Oh nein! Ich kann gar nicht hinsehen!", riss

Ledas nasale Stimme sie in genau dem Moment aus ihren Gedanken, als sie sie endlich von dem Kometen und seinem Begleiter gelöst hatte. Erschrocken richtete Io ihre Aufmerksamkeit auf das, was dort in der Ferne zu erkennen war. Hinter ihr murmelte Kallisto etwas, das sich anhörte wie eine Beschwörungsformel, aber Io konnte seine Worte nicht verstehen. Sie war gebannt von dem Leuchten, das nun ihr gesamtes Blickfeld einnahm. Abertausend kleine Funken und Strahlen schienen aus einem einzigen Punkt nahe der Mitte des Sonnensystems zu entspringen und sich dort zu einem Tanz zu formieren. Geräusche gab es keine, nur dieses gigantische Licht, durchbrochen von dunklen Flecken und scharfen Umrissen: der lodernde Aufschrei eines bewohnten Planeten, der nun keiner mehr war. „Was haben wir getan?", fragte eine Stimme hinter ihr und sie klang so dünn, dass Io nicht hätte sagen können, ob sie zu Kallisto oder Leda gehörte. „Wir haben für Ruhe und Ordnung gesorgt", antwortete eine dunkle, sonore Stimme, und Io sah Ganymed langsam an sich heran treiben. Sie konnte sich noch immer nicht von dem Anblick lösen, den das leuchtende und zuckende Spektakel ihr und den anderen bot. „Nein, das da sieht alles andere als ruhig aus", flüsterte sie und wandte sich ab, als das Glühen in der Ferne mit einem Zucken erstarb. Es war vorbei, und die Monde schwiegen angesichts dieser Erkenntnis, mit der jeder von ihnen auf seine eigene Art würde umgehen müssen. Selbst Leda brachte nicht ein einziges Wort der Freude heraus.

Io trieb stumm auf die von der Sonne abgewandte Seite ihres Planeten. An ihr vorbei huschte ein kleiner Schwarm plappernder Meteoroiden.

In aller Stille II

Sieben Jahre und sieben Monate später öffnete jemand leise und knarrend die Tür und betrat die Hütte der Riesin. Es war Winter und auf dem Lehnstuhl, der erloschenen Feuerstelle und dem kleinen Tisch, überall in der Hütte, lag Schnee. Er war durch die Ritzen und Löcher des alten Daches hinein geweht worden. Auch das Fenstersims war mit Schnee bedeckt, und nur durch einen kleinen Spalt am oberen Fensterrand fiel etwas Licht hinein. Vorsichtig wurde die Tür geschlossen und sperrte den eisigen Wind aus. Schneeflocken sanken auf die kalten Dielen. Langsam tasteten sich Schritte über das knarrende alte Holz. Sie endeten vor dem Fenster, die dicken pelzbesetzten Wanderstiefel wippten erst ein wenig, dann hoben sie sich auf die Fußspitzen und eine kleine Hand streckte sich auf das Sims und wischte die Schneewehen hinunter. Gleißendweißes Wintermorgenlicht fiel durch das befreite Glas in die Hütte, gab den Blick auf all die vereisten Dinge frei, und mit den Sonnenstrahlen fiel noch etwas in den Schnee und landete mit

einem wattigen Geräusch zwischen den Stiefeln. Die kleine Hand reichte hinunter, hob es auf, und als das Eis in ihrer Wärme schmolz, wurde die grüne Flasche erkennbar. Sie sah noch immer aus, wie sie vor sieben Jahren und sieben Monaten ausgesehen hatte. Nur wirkte sie ein wenig größer als damals, als sie nun auf der neuen und unbekannten Handfläche lag. Langsam griffen zwei kleine Finger in ihren Hals. Als sie wieder herausgezogen wurden, hielten sie die Papierrolle fest umschlossen. Neugierig und zögernd rollten sie den Zettel aus, strichen ihn glatt, und im grünen Spiegelbild der Flasche blitzten zwei kleine blaue Augen auf. Darunter war ein Lächeln zu erkennen und zwei schmale Lippen murmelten leise ein paar Worte. Dann rollten die Finger das Papier wieder, wie es gewesen war, steckten es in die Flasche und stellten sie auf das Fenstersims, von dem die Sonnenstrahlen auch den letzten Rest Schnee getrocknet hatten. Als die pelzbesetzten Wanderstiefel über die Türschwelle in den Winter traten und die schwere Tür hinter ihnen ins Schloss fiel, ließ der Zugwind im Inneren der Hütte ein paar Schneeflocken tanzen. Sie drehten sich im Kreis um ein paar gleißendweiße Sonnenstrahlen, bevor sie sich beruhigten und in alter Gewohnheit wieder in die eben noch frischen Fußstapfen sanken.

ENDE

Inhalt

Weitere Erzählungen & Gedichte auf

www.kuestenschreiber.com